I0527124

www.ingramcontent.com/pod-product-compliance
Lightning Source LLC
Chambersburg PA
CBHW041555240626
47164CB00012B/211

*9780991629848*

# ملا نصرالدین روانشناس

نویسنده: دکتر تام گرینینگ

تصویرگر: لیندا هاوکینز

انتشارات گاردن وال

GARDEN WALL
PUBLISHERS

Garden Wall Publishers
Sherman Oaks, California
www.kenrmac.com
kenmozo@kenrmac.com

Mullah Nasreddin The Psychologist

www.tomgreening.com
tgreening@saybrook.edu

Designed by Linda Hawkins & Ken Rubin

Illustrations by Linda Hawkins

Translated by Arash Aboutorabi & Dr. Alan Godlas

ISBN: 978-0-9916298-4-8

خواندن این داستانهای بسیار کوتاه، اتلاف وقت است؛ به همین دلیل آنها را تا حد امکان کوتاه کرده ام و به نیابت از ملا نصرالدین برای نوشتن آنها عذرخواهی میکنم. وقتی خواندن آنها را تمام کردید، بروید روشندلی را جای دیگری جستجو کنید، یا اصلا آن را رها کنید؛ آنوقت ممکن است به روشندلی برسید.

تام گرینینگ

پیش گفتار

ملا نصرالدین یک معلم، یک دانشمند، یک دلقک، یک مسخره، یک استاد ذن، یک مرشد و یک لوده است. او میتوانست عموزادهٔ آلفرد ایی نیومن باشد که می توان در «مجله دیوانگی» ملاقاتش کرد و یا عموزادهٔ مارک تواین که نکته های بامزه ای در بارهٔ رفتارهای شاخص انسانی می نویسد.

ملا نصرالدین (خواجه نصرالدین یا نصرالدینی) شخصیتی تاریخی در فلسفه و طنزپردازی قرن سیزدهم است. فرهنگها و اقوام زیادی او را از آن خود می دانند اما او مخصوصا به ترکیه نسبت داده شده است و هر تابستان «جشنوارهٔ بین المللی ملا نصرالدین» در آقشهر ترکیه برگزار میشود.

اگرچه ملا نصرالدین (همراه با الاغ باوفایش) سالها پیش می زیسته و تعلیم می داده و خودش و دیگران را دست می انداخته، اما روحش امروز زنده است. او به سوی ما بازگشته، زیرا دیده است که چقدر به خرد ابلهانه اش محتاجیم. او یک روان درمانگر، تهدیدی وخیم برای جویندگان پریشان، مایهٔ سرافکندگی همکارانش و احتمالا منبعی برای روشندلی غیر منتظره است.

برای کسب اطلاعات بیشتر راجع به ملا نصرالدین به اینجا مراجعه کنید:

http://en.wikipedia.org/wiki/Nasreddin

نصر الدين

# فهرست

## چطور می شه احمق شد

جوینده: شنیده ام «تام گرینینگ» یک کتابِ حکایت در مورد شما تالیف کرده. آیا خوبه اون را بخرم و بخونم؟

ملا نصرالدین: البته! «تام گرینینگ» یه احمقه.

جوینده: پس چرا باید کتابش را بخرمِ؟

ملا نصرالدین: برات خوبه که یه کتاب از یه احمق درباره یه احمق دیگه بخونی.

جوینده: چرا؟

ملا نصرالدین: این جوری تو هم میتونی یاد بگیری که احمق باشی.

**سؤالات احمقانه**

جوینده: اهل کجایی ملا نصرالدین؟ بعضیا میگن ایران، بعضیا میگن ترکیه.

ملا نصرالدین: بعضیا هم میگن ابلیس منو فرستاده.

جوینده: چرا اینو میگن؟

ملا نصرالدین: چون به سؤالهای احمقانه جوابهای احمقانه میدم.

**درمان؟**[1]

یک «بیمار بعد از این» از ملا نصرالدین پرسید: من درمان میشم؟

ملا نصرالدین پرسید: تو خوکی یا برگ تنباکویی؟

مرد جواب داد: البته که نه؛ من آدمیزادم.

ملا نصرالدین جواب داد: پس نمی تونی درمان بشی.

[1] در زبان انگلیسی فعل cure دو معنی دارد: یکی درمان کردن و دیگری نمک سود کردن گوشت خوک و یا خشکاندن و دود دادن برگ تنباکو به منظور حفاظت آن در برابر فساد. طنز این حکایت در متن انگلیسی از همین ایهام مایه گرفته است.

**ترس از ارتفاع**

مردی برای غلبه کردن بر ترس از ارتفاع از ملا نصرالدین چاره خواست.

ملا نصرالدین مرد را به لب صخره ای برد و به پایین هل داد.

وقتی مرد داشت می افتاد داد زد: چرا منو از صخره هل دادی؟

ملا نصرالدین جواب داد: بزودی دیگه از ارتفاع نمیترسی.

## سلامتی؟

مردی پیش ملا نصرالدین آمد و گفت: من افسرده و کلافه و دل مشغولم. روان درمانی میتونه به من کمک کنه؟

ملا نصرالدین جواب داد: بله.

مرد پرسید: خرجش چقدر میشه؟

ملا نصرالدین جواب داد: جلسه ای 100 دلار.

مرد پرسید: مطمئنی روان درمانی میتونه بارم را سبک کنه؟

ملا نصرالدین جواب داد: بله، روان درمانی قطعا کیف پولت را سبک می کنه.

## ترس از تاریکی

مرد: من از تاریکی میترسم. باید چکار کنم؟

ملا نصرالدین پیشنهاد کرد: شبها، وقتی تاریک میشه، یک چراغ روشن کن.

مرد: اما اینجوری که دیگه تاریک نیست.

ملا نصرالدین: بله خب، دیگه نمیترسی.

## فاقد صلاحیت

مردی پیش ملا نصرالدین آمد و گفت: من به یک مشاورهٔ شغلی احتیاج دارم.

ملا نصرالدین پرسید: شغلت چیه؟

مرد جواب داد: من مشاور شغلی هستم.

ملا نصرالدین پرسید: چرا خودت به خودت مشاوره نمیدی؟

مرد: سعی کردم اما نتونستم.

ملا نصرالدین: نصیحت من اینه که یه شغل دیگه پیدا کنی.

## لیاقت؟

جوینده: میخوام شاد و آزاد باشم.

ملا نصرالدین: کی گفته که نیستی؟

جوینده: من میگم. برای همین هم اومدم پیش شما.

ملا نصرالدین: اما من تو را نمی شناسم و نمیدونم لیاقت شادی و آزادی را داری یا نه؟

جوینده: الان احساس بدتری دارم.

ملا نصرالدین: منظورم را می فهمی؟ ظاهرا تو لیاقت شادی و آزادی را نداری.

## یکبار کافیه

مردی ملا نصرالدین را با خود برای چیدن قارچ برد و از او خواست که قارچهای خوراکی را نشانش دهد.

ملا نصرالدین به او اطمینان داد که همه قارچها قابل خوردن هستند.

مرد گفت: اما مادرم به من هشدار داده بود که بعضی از قارچها به طور مهلکی سمّی هستند.

ملا نصرالدین جواب داد: درسته. اگرچه همه قارچها قابل خوردن هستند اما بعضیها را فقط یکبار میشه خورد.

## زن عاقل

مرد: همسرم منو دوست نداره.

ملا نصرالدین: تو دوست داشتنی هستی؟

مرد: نمیدونم. فکر میکنم هستم.

ملا نصرالدین: شاید همسرت بیشتر از تو میدونه.

**آموزش ندیده**

مرد: چه آموزشی باید ببینی تا روان درمانگر بشی؟

ملا نصرالدین: هیچی.

مرد: چطوربدون هیچ آموزشی میتونی روان درمانگر بشی؟

ملا نصرالدین: به سادگی؛ چون وقتی دارم با تو صحبت میکنم، لازم نیست اینو فراموش کنم.

## بالا رفتن

یک «بیمار بعد از این» از ملا نصرالدین پرسید: من عُلُوّ نفسم پائینه. میتونی کمکم کنی؟

ملا نصرالدین یک نردبان به او داد و گفت: از این برو بالا.

مرد پرسید: این کار چطور می تونه کمکم کنه؟

ملا نصرالدین جواب داد: بالا رفتن از این نردبان میتونه به تو «عُلُوّ» بده.

## تبریک!

جوینده: میتونی بمن کمک کنی؟  من عُلُوّ نفسم پائینه.

ملا نصرالدین: تبریک میگم! تو به کمک من نیازی نداری.

چوینده: چرا به من تبریک میگی؟

ملا نصرالدین: چون تو خیلی واقع نگری.

جوینده: منظورت چیه؟

ملا نصرالدین: وقتی درخواست بزدلانهٔ تو را ملاحظه کردم، به این نتیجه رسیدم که ارزش زیادی نداری؛ بنابراین بهت تبریک میگم که خودت را دقیق ارزیابی کردی.

**فقط یکبار**

مرد:  من در ارتباط برقرار کردن با دیگران مشکل دارم. چند بار باید برای مداوا بیام؟

ملا نصرالدین: فقط یکبار.

مرد: چطور فقط یکبار آمدن کمکم میکنه؟

ملا نصرالدین: اگر فقط یکبار بیایی و هیچوقت نری، مداوا به مشکلاتت در ارتباط برقرار کردن با سایرین خاتمه میده.

نصرالدین روانشناس
بسته

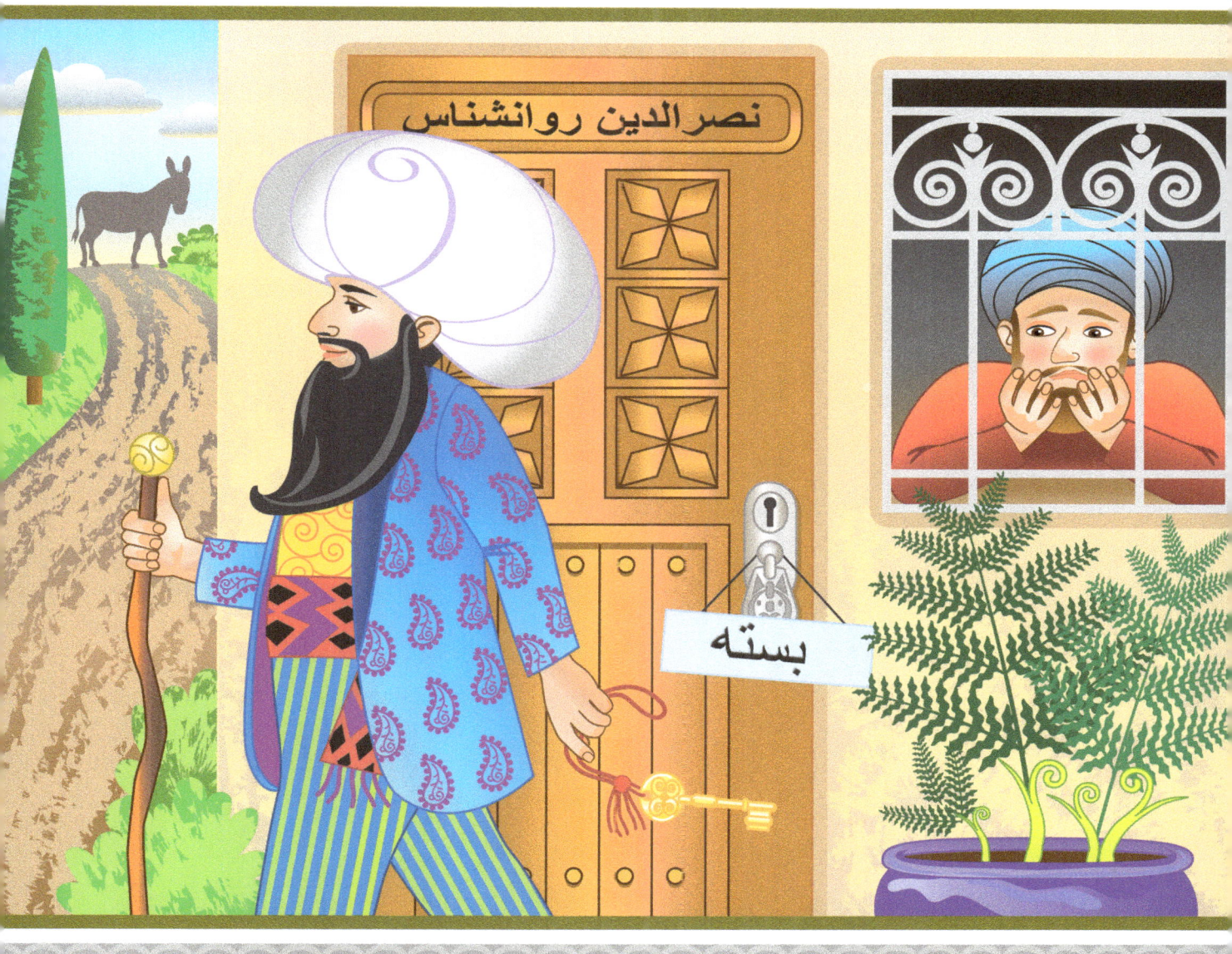

## معنی زندگی

مرد: معنی زندگی چیه؟

ملا نصرالدین: کتاب مرا بخر؛ اونوقت اینو می فهمی.

مرد: اما میخوام شما به من بگید.

ملا نصرالدین: اگر بگم، کتابم را نمیخری و زندگی من کم معنی تر میشه.

## نا‌امید

جوینده: من میخوام مثل شما روشندٰل باشم. به من بگید چکار کنم.

ملا نصرالدین: نخواه؛ فقط باش.

مرد: این دقیقا مقامیه که امیدوارم بهش برسم.

ملا نصرالدین: تو خواستار نخواستنـــی . نا امیدی، چون امیدواری.

## کابوس

مرد: من شبها جیغ زنان از خواب میپرم اما نمیدونم از چی می ترسم.

ملا نصرالدین: یه چیزی برای ترسیدن انتخاب کن.

مرد: خب، اونوقت بازم جیغ زنان از خواب میپرم.

ملا نصرالدین: درسته؛ اما اونوقت لااقل میدونی چرا.

**امیدواری**

جوینده: امیدواری مردم از خوندن کتابت چی یاد بگیرن؟

ملا نصرالدین: امیدوارم یاد بگیرن که نمیتونن از خوندن کتاب یه احمق ناامید که هنوز امیدواره، چیزی یاد بگیرن.

## ماهیگیری

جوینده: ملا، چرا ساکتی؟

ملا نصرالدین: ترجیح میدم ماهیگیری کنم تا با تو حرف بزنم.

جوینده: این یه توهینه؛ به من برخورد.

ملا نصرالدین: به خاطر همین ترجیح میدم ماهیگیری کنم. وقتی با ماهی ها حرف نمیزنم، بهشون بر نمیخوره.

**دیوانه**

مرد پریشانی از ملا نصرالدین چاره جویی کرد.

مرد: خانوادهٔ من میخوان منو بذارن تیمارستان.

ملا نصرالدین: چرا؟

مرد: چون گاهی اوقات دیوانگی میکنم.

ملا نصرالدین: خب، اینکار را نکن!

مرد: چه کنم؟ چون دیوانه ام، دیوانگی میکنم.

ملا نصرالدین: خب نکن! دیوانه بودن عیبی نداره اما دیوانگی نکن.

## تسلیم

مرد: چطور به آرامش درونی برسم؟

ملا نصرالدین: به آنچه که هست تسلیم شو.

مرد: اما نمیخوام ببازم.

ملا نصرالدین: پس هر چه را که هست شکست بده.

## پرورش فرزند

پدر: فرزندانم مرا دوست ندارند.

ملا نصرالدین: چرا باید دوستت داشته باشند؟

پدر: آنها فرزندان من هستند؛ من آنها را پرورش داده ام.

ملا نصرالدین: ظاهرا آنها را بد پرورش داده ای. برو از آنها عذرخواهی کن.

## چه نوع خدایی؟

گناهکار: همیشه به خدا دعا میکنم که منو آدم بهتری کنه؛ اما نمیشه. هنوزم کارهای بد میکنم. چکار کنم؟

ملا نصرالدین: شاید خدا نمیخواد تو آدم بهتری بشی.

گناهکار: این چه نوع خداییه؟

ملا نصرالدین: خدای نوع تو.

همه جا
بالای شهر
پایین شهر
بازارها
دکانها
وسط شهر
هیچ جا

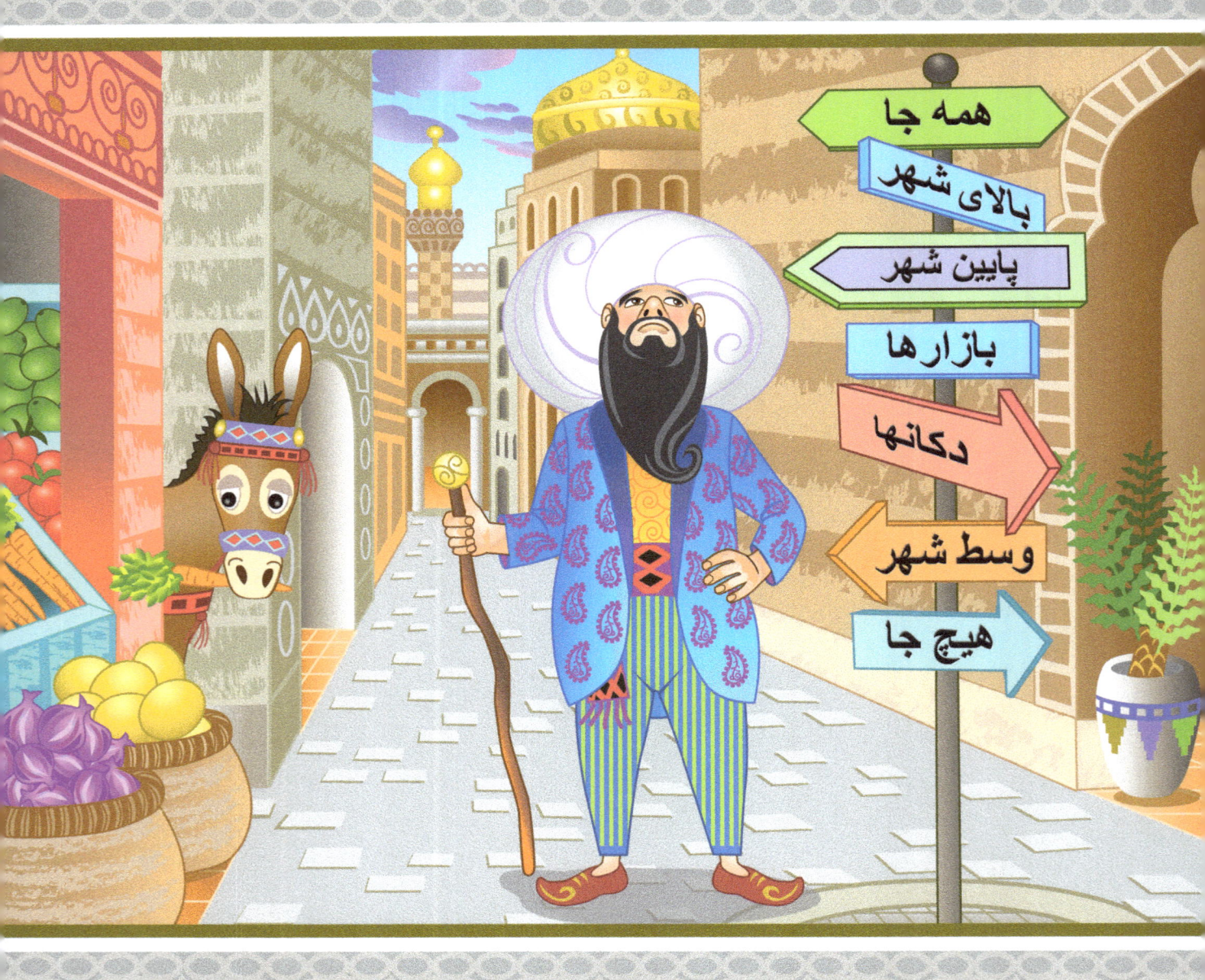

### سفر ملا نصرالدین

ملا نصرالدین به یک شهر بزرگ رفته بود. وقتی برگشت دوستش ازش پرسید:

دوست: سفرت به شهر بزرگ چطور بود؟

ملا نصرالدین: خوشم نیومد. گم شدم.

دوست: پس خوشحالی که خونه هستی؟

ملا نصرالدین: بله، حالا اگه گم بشم حداقل میدونم کجا هستم.

## خواب

بیخواب: یه دارویی میخوام که کمک کنه بخوابم.

ملا نصرالدین: تو احتیاج به دارو نداری. الآنم خوابی.

بیخواب: منظورت چیه؟

ملا نصرالدین: تو خوابی، خواب میبینی که بیداری و احتیاج به دارو داری.

## سپاسگزار باش

شوهر ناراضی: زنم با من حرف نمیزنه.

ملا نصرالدین: چرا فکر می کنی این یه مشکله؟

شوهر ناراضی: چطور می تونم با زنی زندگی زناشویی داشته باشم که با من حرف نمیزنه؟

ملا نصرالدین: باید سپاسگزار باشی و از همسرت تشکر کنی.

شوهر ناراضی: چرا؟

ملا نصرالدین: شوهرهای زیادی را میشناسم که آرزو میکنند زنهاشون باهاشون حرف نزنند.

31

## سبکبار [1]

مرد: چطور بفهمم که سبکبار شدم؟

ملا نصرالدین: یک کتاب بزرگ و سنگین بخر و درحالی که می خونیش برو روی ترازو و خودت رو بکش. بعد کتاب را زمین بگذار. اونوقت خواهی دید که ترازو نشون میده که سبکبار شدی.

[1] یافتن معادلی برای واژهٔ enlightenment در زبان فارسی آسان نیست. مترجمان واژهٔ «روشنگری» را با جریان فرهنگی، سیاسی و فلسفی «انلایتنمنت» که در سده های هفدهم و هژدهم میلادی شالوده یافت برابر نهاده اند، اما «روشنگری» به هیچ روی معنای آن «دگردیسی معنوی» spiritual transformation را، که مثلا مقصود اعلای بوداییان است، افاده نمی کند. مترجمان متون بودایی و یوگایی گاهی واژهٔ «روشن شدگی» یا «روشنایی» را پیشنهاد کرده اند. اوّلی بد آهنگ تر و دشخوار تر از آن است که قبول طبع ظریف فارسی زبانان افتاده باشد و دوّمی زیاده ماورایی است و اگر با توضیحات اختصاصی زمینه چینی نشود ساحتی هورقلیایی را تداعی می کند. واژهٔ «بیداری» نیز پیشنهاد شده است که در تاریخ معاصر زبان فارسی بیش از اندازه سیاسی شده و خصوصا آرمانهای چپگرایانه را به یاد می آورد. در دنیای ملا نصر الدین که ظاهرا عالم ساده دلی است، ما عموما واژهٔ «روشندلی» را با «انلایتنمنت» برابر کرده ایم. اما ظرافت متن انگلیسی قطعهٔ فوق دایر بر مدار ایهامی است که در واژهٔ light که جزئی از enlightenment است به هم می رسد: light از سویی به معنای «روشن» و «روشنایی» است و از سویی به معنای «سَبُک». واژه ای در فارسی سراغ نداریم که همین ایهام را تدارک نماید. شاید واژهٔ «سبکباری» که هم از سبک وزنی نشان می دهد و هم از رهایی و بی تشویشی دل و جان، بهترین معادلی باشد که حق این ایهام را ادا می کند و نیز خواننده را از «سبکباران ساحل ها» یاد دهد.

**بیهوده**

دوست ملا نصرالدین: یکبار لاف زدی که داری به یه سفر دور دنیا میری؛ چی شد؟

ملا نصرالدین: دیدم اینکار فایده نداره. آخر سفر باز همینجا خواهم بود، با این تفاوت که فقیرتر شده ام.

## ايبا - زيبا

رئيس سازمان ملل متحد: چطور بين كشورهاى ايبا و زيبا كه درگير جنگند صلح برقرار كنيم؟

ملا نصرالدين: من يه الاغ از ايبا به زيبا مى فرستم و يه الاغ هم از زيبا به ايبا. خيلى زود هركدوم از الاغ ها به رهبرى كشورى كه به اون فرستاده شده ميرسه.اينطورى الاغى كه قبلا اهل ايبا بوده ديگه دلش نمى خواد به ايبا حمله كنه و الاغى كه قبلا اهل زيبا بوده هم دلش نمى خواد به زيبا حمله كنه. حالا لطفا 100 دلار براى خريد و ارسال الاغ ها به من بدهيد، اونوقت من شما را هم به عنوان «الاغ افتخارى» در ليست ميگذارم.

ایبا
زیبا
ایبا
زیبا
رهبر ایبا
رهبر زیبا

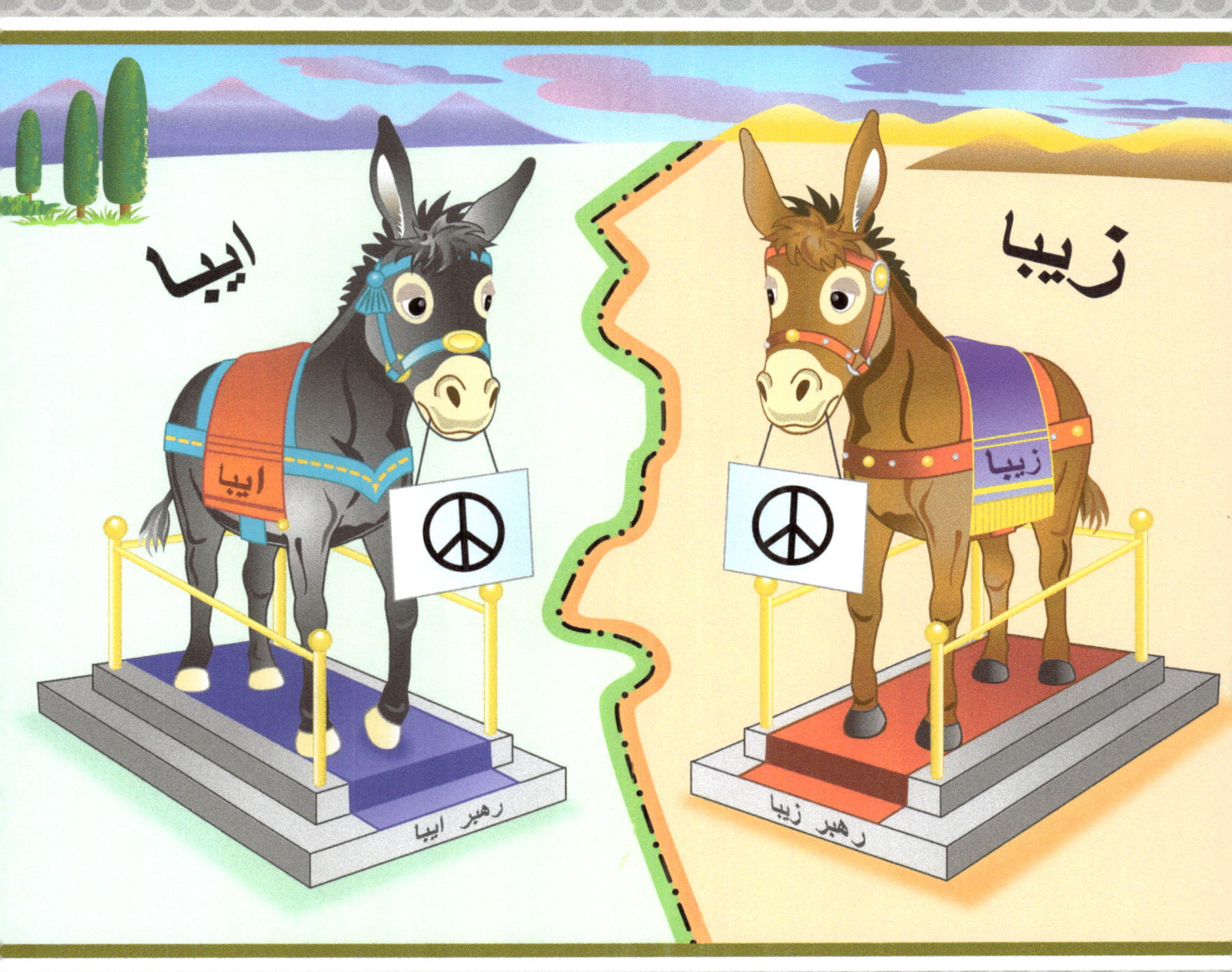

## احساس گناه

جوینده: از اینکه پدر و مادرم را دوست ندارم، احساس گناه میکنم.

ملا نصرالدین: اگر پدر و مادرت را دوست نداری، گناهکاری.

جوینده: چطور گفتن چنین چیزی قراره به من کمک کنه؟

ملا نصرالدین: کی به تو گفته که لیاقت کمک شدن داری؟

**تو من نیستی**

ملا نصرالدین به مهمان: برای چی آمدی منو ببینی؟

مهمان: میخوام مثل تو روشندل بشم.

ملا نصرالدین: نمیتونی.

مهمان: چرا اینو میگی؟ منو دلسرد کردی.

ملا نصرالدین: تو من نیستی! تو فقط میتونی مثل خودت روشندل بشی.

## بچگانه

بچه ای به دیدن ملا نصرالدین آمد و شکایت کرد: پدر و مادرم منو توبیخ میکنن و به من میگن بچگانه رفتار نکنم.

ملا نصرالدین: اما تو بچه هستی، بنابراین طبعا بچگانه رفتار می کنی.

بچه: بله؛ و این چیزیه که آنها دوست ندارن.

ملا نصرالدین: به آنها بگو تو را با یک آدم بزرگ تعویض کنن و تو را به کسی بدهند که یه بچه میخواد.

## جواز ملا نصرالدین

یک مأمور دولت پیش ملا نصرالدین آمد و گفت که او باید برای تعلیم به شاگردانش جواز داشته باشد.

ملا نصرالدین جوازی را که خودش برای خودش نوشته بود به مأمور نشان داد۰

مأمور: این جواز معتبر نیست.

ملا نصرالدین: این برای معلمی که معتبر نیست، معتبره.

## کلاغ پیر

روزی ملا نصرالدین از یک درخت آوکادو بالا رفت و شروع به خوردن آوکادوها کرد.

صاحب  درخت او را دید و غضبناک پرسید: چکار میکنی؟

ملا نصرالدین جواب داد: من یک کلاغ گرسنهٔ پیر  هستم که دارم ناهار میخورم.

صاحب درخت به او گفت: اگر تو کلاغی، به من نشون بده چطور میپری.

ملا نصرالدین ناشیانه از یک شاخه به یک شاخهٔ نزدیک پرید.

صاحب درخت پوزخندی زد و گفت: تو چه جور کلاغی هستی؟ کلاغ ها اینطوری پرواز نمیکنند.

ملا نصرالدین جواب داد: کلاغ های پیر گرسنه اینطوری پرواز میکنند.

## الاغ ملا نصرالدین

ملا نصرالدین بی پول شده بود و نمیتوانست غذای الاغش را تأمین کند. خوشبختانه، صاحب الاغ دیگری برای گرفتن مشورت نزد او آمد.

صاحب الاغ: ملا نصرالدین، میدونم تو به مردم کمک میکنی، اما میتونی به الاغ من کمک کنی؟

ملا نصرالدین: مشکل الاغت چیه؟

صاحب الاغ: الاغم غمگینه؛ نه چیزی میخوره، نه کار میکنه.

ملا نصرالدین: نه میتونم به تو کمک کنم، نه به الاغت.

صاحب الاغ: چرا نمی تونی؟ من فکر میکردم تو دانایی.

ملا نصرالدین: دانا هستم، اما نمیتونم با یه الاغ حرف بزنم.

صاحب الاغ: پس باید چکار کنم؟

ملا نصرالدین: الاغت باید مشکلاتش را به الاغ من بگه، نه به من. اما اول باید به الاغ من یه کم یونجه بدهی.

## وسواسی

مرد: لطفا کمکم کن!

ملا نصرالدین: مشکلت چیه؟

مرد: وسواس دست شستن دارم.

ملا نصرالدین: اما دستات به نظر کثیفند.

مرد: دستای خودم را نمیشورم؛ دستای دیگران را میشورم.

ملا نصرالدین: این که مشکل نیست. این یه خدمت مفید به دیگرانه. اینجا لگن و آب و صابون و حوله هست. لطفا دستهای منو بشور.

مرد: نه! من برای روان درمانی اینجا آمدم.

ملا نصرالدین: ببین! وسواست از بین رفت.

## یک کتاب دیگر

جوینده به ملا نصرالدین: قصد داری داستانهای بیشتری در یه کتاب دیگه مثل این منتشر کنی؟

ملا نصرالدین: مطمئن نیستم.

جوینده: چرا؟

ملا نصرالدین: منتظرم ببینم این کتاب میتونه نژاد بشر را از دست خودش نجات بده یا نه. اگر نتونست، اونوقت مجبور میشم دنبالهٔ این کتاب را منتشر کنم.

## ماشین ملا نصرالدین

ملا نصرالدین ماشینی خرید که فقط سه چرخ داشت. دوستی پرسید چرا این ماشین را خریده؟

ملا نصرالدین پاسخ داد: بنزین گرونه و هزینهٔ رانندگی با این ماشین سه چهارمه.

## ملا نصرالدین روی الاغ

ملا نصرالدین رو به عقب روی الاغش نشسته بود. شاگردش از او پرسید که چرا اینطوری نشسته.

ملا نصرالدین پاسخ داد: آینده نامعلوم و خطرناکه؛ اما گذشته قبلا اتفاق افتاده و دیگه به نحو ناراحت کننده ای آدم را غافلگیر نمی کنه. به نظرم این منظره خوشایندتر و کم خطرتره.

## صفحه های خالی

دانشجویی ملا نصرالدین را دید که کتابی با صفحه های خالی میخواند و علت را پرسید.

ملا نصرالدین پاسخ داد: هم من و هم دیگران کتابهای زیادی با لغتهای فراوان خوندیم، اما نژاد بشر خردمندتر نشد. بنابراین تصمیم گرفتم فقط همین یه کتاب را با صفحه های خالی بخونم.

## رفتار احمقانه

یک روستایی از ملا نصرالدین پرسید: چرا مثل احمقها رفتار میکنی و چیزهای ابلهانه میگی؟

ملا نصرالدین پاسخ داد: بخاطر ادب و احترامی که برای مخاطبانم قائلم، به زبانی صحبت میکنم که آنها بتوانند بفهمند و از لغات ساده استفاده میکنم.

روستایی اعتراض کرد: منظورت اینه که ماها احمقیم؟

ملا نصرالدین پاسخ داد: نه! من احمقم که فکر کردم تو منظورم را میفهمی.

**سگ ملا نصرالدین**

ملا نصرالدین سگی خرید تا حیوان خانگیش باشد.

سگ همهٔ وقتش را یا میخوابید یا پارس می کرد تا به او غذا بدهند.

ملا نصرالدین از این وضعیت خسته شد و سگ را مؤاخذه کرد.

سگ پاسخ داد: وقتی من را می خریدی می دونستی من یه سگم. حالا چرا شکایت میکنی؟

ملا نصرالدین که غافلگیر شده بود، گفت: حالا که فهمیدم تو یه سگ سخنگویی باهات بهتر رفتار میکنم.

سگ پاسخ داد: من با کسی که با من بدرفتار بوده حرف نمی زنم.

و دوباره پارس کردن را از سر گرفت.

در اینوقت، ملا نصرالدین هم شروع به پارس کردن کرد.

# خرد ملا نصرالدین

شاگرد: اگر اینقدر خردمندی، چرا به جای روبرو شدن با زندگی واقعی همه وقتت را به الاغ سواری و گفتن داستانهای احمقانه میگذرانی؟

ملا نصرالدین: خرد من عبارت است از دیدن و پذیرفتن اینکه در حال حاضر واقعیت زندگی بشر برروی کرهٔ زمین چیزی نیست که بشود با آن روبرو شد و آنرا تحمل کرد.

## فلفل شیرین

اگر خواندن این داستانها شما را روشندل نکرده است و یا حتی شما را واداشته که احساس بدتری نسبت به خودتان و زندگیتان داشته باشید، به این داستان و داستانهای بعدی توجّه کنید.

ملا نصرالدین با سبدی پر از فلفلهای تند از خرید برگشت. وقتی در اتاقش نشسته بود و فلفلها را یکی بعد از دیگری میخورد، شاگردی وارد شد و پرسید که چرا چیزهایی را می خورد که واضحا تند و سوزان هستند. از چشمهای ملا نصرالدین اشک می آمد، لبهایش خشک شده بود، بینیش قرمزشده بود و زبان در دهانش ورم کرده بود. شاگرد پرسید: چطور میتونی اینکار را با خودت بکنی؟ چطور به خوردن این فلفلهای ترسناک یکی بعد از دیگری ادامه میدی؟ ملا نصرالدین پاسخ داد: مدام به این فکر میکنم که بالاخره یک فلفل شیرین پیدا میکنم.

## کاهش استرس

مرد پریشانی از ملا نصرالدین پرسید: میشه دارویی برام تجویز کنی که استرسم را کم کند.

ملا نصرالدین: بله، سیانور.

مرد: چرا سیانور؟

ملا نصرالدین: فقط لازمه یکبار استفاده کنی، سریع تأثیر میکنه، فقط یک اثر جانبی داره و دیگه احساس استرس نخواهی داشت.

## هیچی

جوینده: در طول تمام سالهایی که به مردم کمک کردی، مهمترین درسی که گرفتی چی بود؟

ملا نصرالدین: هیچی.

جوینده: چقدر اسفناک و احمقانه! شرمنده و ناامید نیستی؟

ملا نصرالدین: نه! یادگرفتن هیچی روشنگرانه بود.

## دوباره ... و دوباره

جوینده: من همهٔ داستانهای شما را خوندم، اما هنوز روشندل نشدم. داستان دیگه ای برای من دارید که بخونم؟

ملا نصرالدین: این ها همهٔ داستانهایی است که برای روشندل شدن لازم داری. اگر هنوز روشندل نشدی برگرد و آنها را دوباره... و دوباره بخون.

**استدعا**

ای داد! من معرکهٔ مفتضحی درست کرده ام و به
کمک ملا نصرالدین احتیاج دارم. مطمئنم که او
میتواند کمبودهای مرا جبران نماید و مغز دیوانه ام را
کمی مهار کند تا من بتوانم از جنون مغزم رها
شوم. اما اگر نتوانست، استدعای من اینست که مرا
فقط به اندازهٔ خودش دیوانه کند.

**تام گرینینگ**

پایان

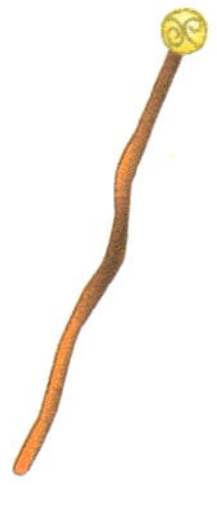